시간과 생각

시간과 생각

발행일   2026년 1월 21일

지은이   기동춘
펴낸이   손형국
펴낸곳   (주)북랩

출판등록 2004. 12. 1(제2012-000051호)
주소   서울특별시 금천구 가산디지털 1로 168, 우림라이온스밸리 B동 B111호., B113~115호
홈페이지 www.book.co.kr
전화번호 (02)2026-5777   팩스   (02)3159-9637

ISBN   979-11-7598-094-5 03810 (종이책)   979-11-7598-095-2 05810 (전자책)

작가 연락처 문의 ▸ ask.book.co.kr

전용 게시판에 문의를 남기시면 저자에게 직접 전달됩니다.

(주)북랩 성공출판의 파트너

북랩 홈페이지와 SNS에서 다양한 출판 솔루션을 만나 보세요!

홈페이지 book.co.kr   •   **블로그** blog.naver.com/essaybook   •   **출판문의** text@book.co.kr
카톡채널 북랩

기동춘 시집

시간과 생각

목차

2025

2024

2023

2022

2025

내 마음 깊은 곳

내 마음속 깊은 곳에는 비밀의 숲이 있지

당신과 나만 갈 수 있는 길을 따라가면
마르지 않는 언제나 상쾌한 옹달샘
그늘 밑 벤치에 앉아 한가함을 나누면
침엽수 피톤치드가 코끝으로 스미고
다람쥐가 이 가지 저 가지에 소삭-소삭

조금 지나서 가면 해맑은 초원이 있지

하늬바람과 높새바람 망아지 되어 뛰어놀고
무릎 아래로는 수많은 들꽃이 피어 있고
무리를 이룬 야생의 소와 말 염소와 양들
이따금 땅을 흔들고 내 곁을 스쳐 가고
그대와 나 말없이 길게 난 외길을 걸어가네

내 마음속 깊은 곳에는 은둔의 방이 있지

남으로 난 창으로 따스한 햇살이 들어오며
벽면은 온통 지혜와 은혜로운 책으로 가득
피아노 선율에 실려 노래가 꿀처럼 흐르고
한쪽에는 달콤한 낮잠을 즐길 흔들의자
말이 없어도 우리는 서로 보며 미소 짓네

내 마음속 깊은 곳에는 암흑 미로가 있다네

나약함과 음울함 음모와 배신 의심과 질투
미노타우로스가 사는 미노스 왕의 미궁 안
가야 할 선택의 순간 굽이굽이가 공포라네
몸은 떨리고 근처에서 울부짖는 무서운 괴성
당신을 만나기 위해 결코 피할 수 없는 싸움
반드시 괴물을 이기고 이 고난을 극복하리

내 마음 깊은 곳은 언제나 당신과 함께였지

2025. 1.

눈(雪)

머물고 싶은 곳을 찾아
여기저기 두리번거리는
소리 없이 내 창을 두드리는
눈 눈 송이송이 눈송이

빈 하늘에서
무엇이 되고자
형상(形像)을 만들었는가!

병든 가슴에서
토해 내는
마른기침인가?

새로운 생명을
잉태하는
은혜로움인가?

목화솜이 되어
추운 삼라만상(森羅萬象)을
덮고자 함인가?

하늘에서 하는 일에
왈가왈부하는 것이
발칙한 일이긴 하다

그저 눈이 쌓여
출근길 걱정이 먼저인
소심한 인생인 것을

2025. 1.

겨우살이

해마다 반복되는 것이지만

아무리 봄볕이 부드러워도

아무리 여름이 무더워도

아무리 잘 익은 열매가 달콤해도

냉혹한 겨울은 반드시 오고

이 모짊을 어찌 견디는가!

잎 진 참나무 가지 사이 소복이 쌓인

겨우살이 독야청청(獨也靑靑)

2025. 1.

나일강에서

해거름에 V 편대를 이루며 강가 야자나무숲 머리 위를 한 무리의 새들이 날고 있다. 모래벌판 지평선 너머로 해는 뉘엿 뉘엿, 누군가에게 전하고 싶은 온기를 남기고 서서히 사라진다. 선상(船上) 바람은 서늘해져서 저절로 옷깃을 여미게 한다. 고대 이집트 왕국 그 누군가도 강물 흐름에 생각을 맡기도 서 있었겠지. 람세스 2세였을까? 이승에서 오시리스의 심판을 받기 위해 강을 건너던 한 망자였을까? 수천 년을 지난 뒤 아스완 댐을 완성한 나세르 대통령도 보고 있을까? 강물은 쉼 없이 흐르고, 흐르고. 이 강을 두고 우리는 지금 무엇을 바라는가? 먼 동쪽 끝 허리 잘린 반도에서 온 여행객이 사념(思念)에 잠긴다.

원 달러에 자존심을 거는 간절하면서도 천진한 저 어린 천사들. 미군 지프 뒤를 따라 달리며 "기브 미 초콜릿"을 외쳤던 한국의 육십년대와 겹쳐진 슬픈 가난이 가슴 한구석을 아프게 한다. 준비해 간 볼펜을 팁으로 건네고 몇 푼의 달러와 교환한 물건은 조악해 가방에 넣기가 망설여진다. 그래도 쓸모가 있겠지. 룩소르의 부분 복원한 신전들에 압도되어 멍멍해진 심장을 쓸어내리면서 길가에서 시장에서 만나는 착한 미소의 남루한 옷차림을 한 이곳 사람들. 길거리에 넘쳐 나는 쓰레기는 언젠가는 깨끗이 치워지겠지. 여기저기 총을 든 이들과 삼엄한 검색은 행해지고 있으나, 그저 평온하고 살벌한 긴장감은 없다.

태양신을 대신한 파라오들은 박물관에 미라로 잠들어 계시고, 남기신 흔적은 차고 넘쳐서 세계 각지의 사람이 모여서 신과 내세를 향한 거석 유적과 무덤, 각종의 유물들을 관람하며 경탄으로 가득하다. 많은 인파 속에서 혼자 되뇌며 스스로 되묻는다. 신이 사람을 만든 것인가? 사람이 신을 만든 것 아닌가! 사람들이 믿는 것은 진정 다음 생이었을까? 신을 통한 세상 권력의 추종이었을까? 한반도 단군 시대 이전부터 존재한 찬란하고 유구한 전승을 이은 대단한 나라. 이제는 태양신과 많은 다양한 신들을 벗어나 한 분의 창조주를 모시는 이슬람이 대부분이고, 일부는 기독교 일파인 콥트교며, 믿음 선택의 자유가 있는 곳.

이 나라가 포함된 현재의 근동(近東)은? 수니파, 시아파, 유대교, 개신교, 천주교 등등은 모두가 유일신인 GOD를 모시는데. 냉정히 역사를 보면 종교를 핑계로 권력을 차지하기 위한 이전투구(泥田鬪狗) 아닐까? 지금도 뉴스에 도배될 정도로 서로 싸우는 일부 중동 이슬람 세력들과 이스라엘 정부. 인간사(人間史)란 결국 지배를 목적으로 힘을 갖기 위한 투쟁의 기록이 아닐까? 어떻게 해야 사람이 먼저인 세상이 될까? 자유롭게 개인의 행복과 발전을 추구하며 병들고, 가난한 이들을 구제하고, 보다 잘사는 나라가 되는 것. 이들 나라의 GDP와 평균 수명을 검색해 본다. 이 상황에 대해 이들은 만족할까? 이런저런 생각으로 여행객의 머리는 복잡하다. 공항으로 가는 버스 속에서 교통 체증 심한 카이로 시내의 메케한 공기에 성마른 기침을 토하면서, 먼 옛날이나 지금이나 변함이 없는 자연의 흐름, 나일강 선상에서 지켜봤던 장엄한 사막의 일출과 일몰을 다시 떠올렸다.

2025. 1. 이집트 여행 중에

화(火)

넌다고 해결될까?

순간 삭히면 우위에 서고

바로 터뜨리면 진다

2025. 2.

별

셀 수 없이 많은 저 별들을 보고

무엇을 생각했을까?

천 년 전에는

백 년 전에는

아는 만큼 상상할 수 있는 것

백 년 뒤에는

천 년 뒤에는

또 어떻게 생각을 할까?

2025. 2.

일

즐거움으로 하면

시간이 짧아져 순간에 지나가지

아니라고?

원래 못하는 사람이 힘든 것이여

2025. 2.

부정과 긍정

자신이 하고자 하는 대상(對象)에
안되는 이유를 찾기 시작하면
어떤 경우에도 반드시 찾게 되고
처음은 아주 작은 것일지라도
구르는 눈덩이처럼 점점 커져서
결국은 실패에 이르게 된다

자신이 하고자 하는 대상(對象)에
된다는 이유를 찾기 시작하면
어떤 경우에도 반드시 찾게 되고
처음은 아주 작은 것일지라도
구르는 눈덩이처럼 점점 커져서
결국은 성취에 이르게 된다

2025. 3.

고독(孤獨)

삶의 미세한 결이 손끝에 전해지는
빈 숲에서 피어나는 검은 안개처럼
세상 혼자라는 막막함에 찾아오면
가슴 깊숙이 파고드는 쓸쓸한 냉기

어찌해야 할지 멈춰서서 돌아본다
누구를 만나도 문득문득 느껴지는
결국은 죽어 가다 우연히 만난 존재

애증 쌓인 너는 나에게 무엇일까?
밤 지새우며 허공에 내뱉는 독백

흩어지는 여백을 다시 추스르고
나도 모르게 차오르는 눈물이라면
혀를 깨물고 견디는 아픔이라면

흔들리는 바람과 몸 섞는 서글픔

2025. 3.

나로부터

나로부터

당신으로부터

그래서

세상이 된다

2025. 3.

쌈짓돈

정겨운 조손(祖孫)을 보면 떠오른다

사고 싶은 것 못 사 안달 냈을 때

등 다독거리며 슬머시 내어 주시던

어릴 적 내 할머니 고쟁이 쌈짓돈

2025. 3.

자기 사랑 1

홀로

주어진 시간을

즐기는 것

2025. 3.

자기 사랑 2

자기를 부정하고
남을 사랑한다는 것은
위선(僞善)이다

혼자 있는 것에 익숙해야 하고
홀로 있는 것을 견디는 것
살아 있는 것만으로도
세상 행복한 줄 알아야 한다

텅 비어 외로워졌을 때
자기를 볼 수 있고
자기를 사랑할 수 있다

자기를 먼저 사랑해야만
진실로
남을 사랑할 수 있다

2025. 3.

생사법칙(生死法則)

모였던 것이 흩어지는 것

그리하여 또 무엇이 되나?

흙이 되고 돌이 되고

나무가 되고 열매가 되어

다시 모였다가 흩어지는 것

자연(自然)인 것을

물질(物質)인 것을

2025. 4.

Life Portfolio

버는 것(income)

주는 것(output)

즐기는 것(interesting)

중도(中道)인가?

중용(中庸)인가?

balance인가?

2025. 4.

산다는 것은

살아간다는 것은

어느 때부터

어디인가

조금씩

망가지는 것

조금씩

죽어 가는 것

2025. 4.

오온개공(五蘊皆空)

회전근개 일부 끊긴 어깨 순간순간 아프다
반월판 연골 찢어진 무릎 무리하면 시큰하다
4, 5번 척추 디스크 삐져나와 허리 뻐근하다
관상동맥 반쯤 막혀 조금만 뛰어도 숨차다
이래저래 처방받아 먹는 약 매일 한 움큼이다

달리기하면 이곳저곳 악화할 것 같아서
호수공원을 가만가만 돌다가 벤치에 앉아
활기차게 지나는 선남선녀 부러워 쳐다본다

이승 떠날 날 가까워진 닮아 고장 난 육신
더는 오라는 곳 없고 가야 할 곳 없어
가슴에 남은 작은 마음도 서서히 식어 가는데
이렇게 존재하는 난 무엇이고 왜 있는 것인가?

부처님은 오온(五蘊)은 공(空)하다고 설하시고
옛 선승은 수처작주 입처개진이라 했거늘

2025. 4.

* 오온개공(五蘊皆空): 몸과 마음은 모두 색수상행식(色受想行識)의 오온(五蘊)으로 이루어진 것으로, 일정한 본체가 없어 무아(無我)인 것을 말함.
* 수처작주 입처개진: 隨處作主 立處皆眞(수처작주 입처개진)은 임제종의 시조인 임제의현(臨濟義玄)이 한 말로, 머무르는 곳에서 주인이 되면 그곳이 바로 진리의 자리라는 뜻.

벚나무

거친 동장군과 칼바람 눈보라
겨우내 앙상했던 여윈 가지들

따뜻해진 햇볕의 기운이 스며
깊숙이 숨겨 놓은 정기를 깨워서
그 올망졸망 작은 망울망울들

올해의 수레바퀴를 돌기 시작하는
별 나비 부르는 꽃놀이 축제

한 움큼 바람에 꽃잎 눈보라 되고
한 줄기 봄비에 새로운 잎들 피다

푸릇푸릇 자라나 동산이 되어
그늘을 내리고 버찌 키우겠지

2025. 4.

먼지가 되어

많은 미련이 있어도
작은 바람에도
어딘가로 흩날리는

커피잔 앞에 두고
반사된 수많은 존재

천 년 전인지
백 년 전인지

나이고
너인 것을

이 순간
먼지가 되어
당신을 기다리는
나

2025. 7.

세금

길가 건물 정면 길이에 따라
세금을 매긴 나라가 있었지
건물의 가로는 짧고 세로는 길어
불안스럽게 위로만 올렸지

어떤 나라는 창문의 수와 크기에 따라
정하기도 했다고 하고
벽돌세 그림자세 문세 수염세 모자세
어떻게든 받아 낼 방법을 찾아내었지

귀신보다 더 무섭다고 했던가
누구든지 피하고 싶었을 것

전통은 쉽게 변하지 않는 것인지
같은 형태의 건물이 지금도 많다네

소득세 법인세 종합부동산세 상속세 증여세 부가가치세 개
별소비세 주세 인지세 증권거래세 교육세 교통·에너지·환경세

농어촌특별세 관세 취득세 등록면허세 레저세 지방소비세 지
방교육세 지역자원시설세 담배소비세 주민세 지방소득세 재산
세 자동차세

이에 더하여 각종 보험금과 기부금
복지 천국 나라 수정자본주의 나라
숨만 쉬어도 세금이 붙는다네

유리 지갑인 각각 국민의 소득
한 푼이라도 더 아끼려는 이와
한 푼이라도 더 받으려는 정부

가구(家口)를 나누기도 하고 붙이기도 하고
국외 탈출 심지어 가짜 이혼도 하고
이리저리 기상천외 궁리 또 궁리
인간사(人間事) 에나 지금이나 변함이 없다네

2025. 5.

지금 이곳

내가 있어야 할 곳은
바로 지금 서 있는 이곳

나는 나를 떠날 수 없지

지구를 열 바퀴 돌아도
우주로 간다고 해도
저승에 머무른다 해도

나는 나에게 머무를 수밖에

내가 죽어 사라지면
그저 나는 과거일 뿐

아직 오지 않은 미래도
상상 속에서 있을 뿐

나는 지금 이곳 나일 수밖에

여기가

이유(理由)이자 답(答)일 수밖에

2025. 5.

연기(緣起)

앞 세대의 유전자가 전달되어
새로운 생이 반복되는 거지

부모의 유전자를 물려받아
지금 세대의 삶을 지배하고

새로운 외압에 변화가 일어나
후세는 새 환경에 적응하지

선악을 떠나 인연으로 변하는 것
우연이 쌓이면 필연이 되는 것

이것으로 하여 저것이 있는 것
(此有故彼有)
이것이 없으면 저것도 없는 것
(此無故披無)

무엇으로 하여 내가 되었고

무엇을 남기고 가야 하나

2025. 5.

---

* 연기(緣起): 인연생기(因緣生起), 인과 연에 의지하여 생겨남)의 준말, 불교

  용어임.

* 此有故彼有 此無故彼無: 연기법을 설하는 불경 내용.

옛 친구들

순천과 광주를 지나면서 불현듯
함께했던 대학동아리 멤버들
이런저런 기억이 밀물져 오고
지금은 어떻게 살고 있는지
생각이 여기저기 뭉게뭉게 퍼지네

풋풋했던 그 시절 선명히 떠올라
함께한 기억은 이렇게 살아 있는데
헤어져 소식 끊긴 지 수십 년
무엇이 우리의 만남을 막았을까?
거친 한 세상을 산 것이 이유라고
소심하고 부끄러운 변명을 하네

학현이였던가? 영숙이였던가?
긴가민가 이름조차 잊고 살았네

만나면 이별하는 것이 다반사인데
언제쯤 다시 볼 수 있을까 그립구나!
함께 쏘다니며 웃고 울었던 옛 친구들

2025. 6.

숲

세상 눈치 벗어나
인적 없는 숲에 홀로 오면
저마다 생생한 생명이
살갑게 반겨 주네

숨 멈추고 가만 귀 열면
삼라만상(參羅萬像)
스스럼없이 말을 걸어오네

걱정 마세요
다 잘될 거예요
그냥 그대로 있는 것이
섭리(攝理)일지 몰라요

걱정하는 덩어리 생각들
홀홀 던져 버리고
불어오는 싱그런 산들바람
가슴 열어 마냥 받으세요

쉬어 가세요

전신이 무심한 생각으로

깃털처럼 가벼워져

하늘 향해 날아갈 때까지

2025. 6.

시간과 생각 3

시간과 생각이 만나는 순간
우리는 새로운 우주가 된다

어느 곳이든 갈 수 있고
누구든지 만날 수 있다

지금 존재하는 이 점(點)에서
당신을 만나면 선(線)이 되고
시간을 더하면 면(面)이 되고
생각을 붙이면 endless 시-공간

삶은 시간 속에서 유한(有限)한데
생각이 함께면 무한(無限)해지지

당신과 나의 진정한 자유
어느 시대 누구든지 만날 수 있고
세상 어디든지 갈 수 있고
상상하는 어떤 일도 할 수 있는 것

시간과 생각이 만났을 때
죽음의 공포를 쳐부수는 신의 무기
제우스의 번개가 된다

2025. 6.

다문화가족

똑같을 수 없지

서로 마음을 열고
인연이라 생각하면

언어와 습관이 달라도
저마다의 행복을 찾아서
어떻게든 잘 살아진다네

아무 걱정 하지 말게나
이 땅 아름다운 사람들아!

2025. 7.

인생 타령

사람으로 사람답게 산다는 것은
삶에 최선(最善)을 다하는 것이라지만
누가 감히 다했다고 말할 수 있을까?

한 치 앞도 모르는 것이 인생이고
하루하루를 보내기도 숨이 차는데
번지르르한 선(善)이란 무엇일까?

병든 이에게 또 건강한 이에게
가난한 이에게 또 부유한 이에게
죄지은 이에게 죄 없는 이에게
저마다의 처지는 각양각색(各樣各色)

평범한 일상도 순간 변하는 것
운명이라 하기에는 너무 억울해
착한 사람이 피해자가 되기도 하고
악한 사람이 승자(勝者)가 되는 세상

약육강식(弱肉强食)이 생존이고
적응하지 못하면 사라지는
착하지 않은 자연(自然)을 지켜보며
인간계(人間界) 역시 판박이

자기 조직을 위해 희생하는 것은
무조건 미덕이라 찬양하고
권력을 갖은 이는 무소불위(無所不爲)
의로운 일이라도 반(反)하면 감옥행
이현령비현령(耳懸鈴鼻懸鈴)

사람은 자기 행복을 위해
사회를 만들어 일원이 된 것인데

사람답다는 것은
개인을 위하는 것인가?
조직을 위하는 것인가?
그냥 우연히 전해진 것인가?

주변을 보라
누가 잘사는 것인지

건강을 위해 최선을 다하는 이가
더 건강하게 천수를 누리는지
술 담배 하고도 백 세를 넘기도 하고

내 할머니 해수로 기침을 달고도
평생 곰방대 버리지 않으시고
집안 어르신 중에 가장 장수하셨지

돈에 자유롭기 위해 3 jop 갖고
종일 쉬지 않고 불이 나게 뛰어도
저축은 언감생심 간신히 버티는데

태어날 때부터 금수저인 이들
무직에도 호화로운 집에 호의호식
어찌할 것인가 자본주의인 것을

음주 운전 했다고 얼굴 알려진 이
사회는 냉혹한 책임을 지우고
스스로 자책이 지나치고 지나쳐
지긋한 생활고(生活苦) 두려워서
개똥밭에 굴러도 이승이 좋다는데
질기고 질긴 인생 줄 놓았네

오늘도 세상 여기저기에서
협잡꾼에 당하는 순진무구한 이들
그 올가미를 벗어나지 못해
평생을 고생길에 가난 길이네

흉악한 잡놈들 범죄를 수없이 해도
선출직 당선되어 TV에 버젓이 나타나
당당하게 법과 원칙을 입에 달고 있네

회사 만들어 노력하면 무엇 하나
노조, 기레기가 무섭고 무섭다네
귀족 노동자, 언론 천국 아! 대한민국
뗏법에 얽힐 거리 많고 많아
하늘 우러러 부끄럼 없어도
여차하면 감옥에 빨간 줄 올라간다네

자손에게 물려주려면 엄청난 세금
뺏길 바에야 이익되는 곳 찾아
가산 정리하여 외국행 많은 나라

한 우물 직장 정년퇴직한 지 수년 지났고
만사에 대한 신체 반응은 점점 어눌해지고
생각은 딱딱해져 꼰대 꼰대 소리 들리고

정부지정 지공거사(地空居士) 된 지 꽤 됐는데
모르겠네! 모르겠어! 어떻게 사는 것이
진짜 사람답게 올바르게 사는 것인지

하루해의 무게는 누구에게나 같고
한 선현은 일일신우일신(日日新又日新)
스피노자는 내일 지구의 종말이 온다 해도
오늘 한 그루 사과나무를 심겠다 했지!

고교 시절 친구 아버님 고희(古稀) 잔치
'칠십에 생남(生男) 하니'라는 호쾌한 말씀
불현듯 생각나서 혼자서 되뇌네

이생을 이어 가는 것 중요하지
현재를 지나가는 호모사피엔스
자신의 DNA를 미래에 남기는 것

누구는 현재가 가장 소중하다고
지나서 후회하지 않도록
지금 행복해지는 시간을 갖자는 것
카르페디엠(Carpe Diem)

노세 노세 젊어서 놀아
늙어지면 못 노나니
오래된 유행가 가사가 생각나네

노는 것이 전부가 아니지
어떤 이는 누군가를 위하는 것으로
도움 되는 일은 하는 것으로
긍정과 즐거움을 느끼며 행복해한다네

바람 먹고 살아왔다는 큰 소리
남에게 해 되는 일 없었다는 자랑
부질없고 부질없다는 생각
가슴 깊이에서 스멀스멀 기어 나오네

시도 때도 없이 불어오는 바람, 칼바람
무작위로 오는 온갖 위험과 도전
마냥 흔들리는 민초(民草) 갈대들

언제나 그저 죽을 둥 살 둥
다람쥐 쳇바퀴만 돌고 돌아
나아지는 것 없는 마냥 그 자리

이래도 한세상 저래도 한세상
소심하고 평범한 인생인 것을
혼자 빈방에서 타령조로 읊조리네

2025. 8.

여름 사랑

뜨거움이 있기에
열매가 튼실하다는 것을

펄펄 끓어 타 죽기도 하지

심장이 견딜 만큼만
달아오르기를

2025. 9.

만남

내 죽어 다음에는 무엇이 될까?

살았던 기억은 없을지라도

내가 소비하고 생산했던 것들은

새롭게 변해 무엇이 되었겠지

어쩌면 다시 당신을 만났겠지

그날 당신을 알아볼 수 있을까?

사랑의 징표를 전할 수 있을까?

2025. 9.

이 세상

이 세상 어디에서나

아침에는 해가 뜨고
저녁에는 해가 진다

백 년 전쯤 이 땅에 살았던 주인들
지금은 아무도 없고

이 자리 함께하신 여러분
백 년 후쯤 숨 쉬는 분 아무도 없겠지

거인의 시간에 잠시 기대인 그대여
어디서 어디로 생각이 머무르는가!

세상은 이 땅 그대로고
우리는 다만 지나가는 나그네라네

2025. 9. 미 동부 여행 중에

툭툭 털게

사는 게 별것 아니지

지내다 보니
후딱 가 버렸다네

돌아보니
뭘 그렇게 마음 졸였는지
뭘 그렇게 온몸 딱딱했는지

툭툭 털게
친구여

이제는 만성 질병조차
친하게 지내면
백 년 동안은
아무 문제 없다네

2025. 10.

꼰대

확실히 헛나이 들어 가면
익숙한 것만 하고 싶고
다름을 인정하는 것이 싫고
보았던 것만 옳다고 한다

세상천지는 넓고 넓은데
변하고 변하는 것인데

나이 들어 찾아오는 꼰대
몸과 마음이 굳어지는 것

저마다의 스펙트럼을 갖는데
어찌 내 눈에 맞는 것만 있으랴

버리고 버려서
산들바람에도 쉬이 날리도록
공기(空氣)처럼 가벼워지기

무거워질수록 꼰대질이다

서로가 서로에게
사르르 녹는 부드럽고 달콤한
아이스크림이 되자

2025. 10.

낙엽

낙엽(落葉)이 진다는 것은
떨어지는 것이 아니라
돌아가는 것이다

모태(母胎)를 만나기 위해
스스로 인연을 털어 내는
참으로 갸륵한 일이다

인간계(人間界)가 그러하듯이
긴 만남이더라도
언젠가는 헤어지는 것

가장 아름다운 단장을 하고
춥고 긴 겨울을 견디기 위한
화려한 farewell 파티
기뻐하라! 신사 숙녀 여러분

햅쌀로 담근 막걸리 한잔
늦가을 햇살을 닮아 가는
적당히 오른 취기
슬퍼하지 말라! 정든 이여

2025. 11.

연(鳶)

누군가를 잡고 올라 있는 것
어딘가에 뿌리가 있는 것

바람이 없으면 당기고
바람 많으면 풀어서

멀리 보기 위해
소식을 전하기 위해

높이 오르는 연

그저 바라보는 것보다
줄을 끊고
바로 당신 곁으로 가고 싶다

2025. 11.

혼자인 당신

무리의 난무하는 언어 속에서
갑자기 엄습하는 외로움

누구나 순간 깨닫게 되지
결국은 혼자인 것을

나는 나이고
세상은 세상인 것을

군중 속에서 유리된 당신
왜 여기 있는가?

2025. 12.

옛 동산

옛 동산에 다시 서도
기억은 점점 희미해져
세세한 생각이 나질 않는다

분명 이곳인데
분명 그때의 기억이
여기저기 묻어 있는데

옛사람은 아무도 없고
흔적조차 헤아리기 어렵구나

언젠가 다시 오더라도
이곳은 그대로일 텐데

기억해 낼 수 있을까?
당신과 함께했던 그때를

2025. 12.

그리움

    광주 말바우 시장 한 식당에서 팔십 되신 고교 은사님과 방어회에 막걸리 다섯 통 마시는 중에 그리움에 대해서 묻기에 "저에게는 일찍 돌아가신 제 어머니입니다."라고 답했다가 갑자기 목이 메고 눈물이 터져 나왔다. 그리고는 한참 동안 말을 잇지 못했다. 어쩌랴! 세월이 갈수록 가슴 깊이 더 쌓이는 것을. 그저 몰래 혼자서 속으로 나직이 불러 보는 어머니. 어머니.

2025. 12.

2024

내 언어

내 언어는 시(詩)다

주저리주저리
하고 싶지 않다

온 피를 빼내고
살점을 발라내고

뼈다귀로만
심장으로만

살과 피의 냄새를
전하고 싶다

내 시는 살인(殺人)이다

2024. 1.

들은 얘기

스페인, 가이드에게 들은
어느 코미디 영화 대사:

암요!

그럼요!

당연하죠!

별말씀을!

아부의 언어인가?

설득의 언어인가?

2024. 1.

동백

동백이 필 때면
유달산에 가고 싶다
빨-간 네 입술이
보고 싶다

어딘가에서
당신의 냄새를
느낄 때면
남녘의 갯내음이
함께 온다

허리허리마다
수백 송이가
수줍게 웃던
잔설이 춤추던 날

바람개비처럼

빙-빙글 돌아

그 시절로 가고 싶다

그리운 내 연인아

2024. 2.

저 달을 보며

지금 달을 보며 따스한 옛사랑을 생각한다
헤어진 이를 떠올리고 맺히는 눈물을 만진다

사람이 날것 타고 가는 과학적인 이 시대에
누구는 넋 나간 이의 헛소리라고 비웃겠지

엄청난 사실주의와 허구가 넘치는 세태
볼 때마다 마음에 남은 전설을 떠올린다

지구에 사는 이라면 함께 쳐다볼 것 같고
우주 어느 시-공간에서도 같이 볼 것 같아

먼 고조선 청동거울 속 당신의 얼굴이
보름달이 뜬 날에는 겹쳐서 사무쳐 운다

이 생(生) 얼마나 반복해야 그대를 만나서
다시 함께 저 달그림자를 거닐 수 있을까?

2024. 2.

시간

뭘까?
분명 실체가 있는데
잡히지 않는구나

앞으로도 뒤로도 갈 수가 없고
오직 지금만 존재(存在) 것

사고팔 수 있는 물건이면
얼마일까?

인간 세상에서는
각각 사고 또 파는 것

누구에게나
공평하게 주어진 것

2024. 3.

나무와 강

뿌리에서
줄기로 꽃으로 열매로

잎에서
줄기로 꽃으로 열매로

땅의 기운
해의 기운

빗물에서
시내로 강으로 바다로

샘에서
시내로 강으로 바다로

해의 기운
땅의 기운

2024. 3.

봄꽃 2

얼었던 땅이 녹는 춘삼월(春三月)이면
지상 가장 가까운 곳 수많은 들꽃이
여기저기서 생생한 자태를 드러낸다

대지에 낮게 피어난 수줍은 봄 처녀
싱그러운 생명의 탄생을 즐기려면
고개를 숙이고 얼굴을 서로 맞대야
모양과 향기를 제대로 느낄 수 있다

화전놀이에 취해 시절 가기 전에
마음 가다듬고 한바탕 들꽃 맞이
코끝에 다가선 꿈 같은 바람 촉감

2024. 3.

지병(持病)

　갑자기 친구의 소천(召天) 소식을 들을 때면 가슴이 방망이로 맞는 것 같아 멍멍해진다. 그리고는 가까운 지인(知人)들이 평소 하소연하는 각자의 속병을 떠올린다. 하늘의 몫은 이미 정해 놓았을까. 그래도 개인의 몫이 분명 있을 터인데 이를 어떻게 받아들여야 최선일까? 얼마나 주어졌을까? 다시 나를 돌아본다. 가끔 편히 있을 때도 심장의 답답함과 덜컹거림을 느끼며 산다는 것이, 협심증과 부정맥, 그래서 남은 시간의 소중함을 새삼 느낀다. 침묵의 살인자 고혈압을 잡기 위해 약을 먹기 시작한 지도 십 년이 훌쩍 넘었다. 무릎의 물렁뼈는 닳아서 윤활액을 주기적으로 맞아도 더러 시큰하다. 사 번과 오 번 척추뼈 사이의 인절미가 가끔 삐져나오려고 할 때는 허리 또한 아프다. 나이 들면 누구나 하나 또는 여러 개 장기가 낡고 고장 나서 덜거덕거리며 사는 것, 허물은 아니다. 자연의 순리겠지. 옛사람들이 골골 팔십이라 말하지 않았던가! 지병은 다독거리며 병원과 친하게 지내는 것이 정답이 아닐까. 누가 함부로 하늘이 부르는 때를 쉽게 단정할 수 있을까. 신의 뜻을 서럽게 헤아려 하루하루 절망하는 바보는 되지 말자. 그저 그대로 있는 그대로 왔다 가는 것 아닌가!

2024. 4.

장애우 가족

하느님의 인연인 것을 또 어떻게 하겠어요

가까운 것만 바라보고 그냥 가기로 했어요

그래도 여기저기에 작은 행복들이 쌓이죠

이러다 보면 언젠가는 먼 곳에 이르겠지요

2024. 7.

* 한 장애우 엄마의 육성(肉聲)

운명

그렇다고 생각하면
그렇게 되는 것

나쁜 생각을 버려야만
슬픔은 사라지는 것

좋은 생각은 되새기면
기쁨이 찾아오는 것

운(運)에 의해 정해져
그렇게 되는 것이 아니라

세상만사(世上萬事)
생각하고 행동하면
반드시 그렇게 되는 것

당신에 관한 미래는
신(神)이 아니라
언제나 당신

선택의 몫

2024. 4.

생각

섬광(閃光)처럼 내게 왔을 때
새기지 못해 이내 사라져서
다 잡다 놓친 대어(大魚) 같아
두고두고 못내 아쉽구나

매번 오는 것이 아닌데
순간 방심하고 지나치면
다시 찾아오지 않는다

기억해 내려고 여러 번 노력해도
미련이 미련을 잡고 있어
부질없구나! 어리석은 사람아

잊고 모두 다 잊고
비우고 다 비워
온몸이 진공(眞空)일 때

바라던 이가 다시

선물처럼 찾아온다

2024. 5.

오월 개화(五月 開花)

계절의 여왕 싱그런 5월은 언제나 산과 들, 호수, 시냇가 주변에 갖가지 꽃들의 향연

철쭉 산철쭉 백철쭉 영산홍 자산홍 조팝나무 공조팝나무 이팝나무 팥배나무 박태기나무 병아리꽃나무 병꽃나무 가막살나무 쥐똥나무 고광나무 산딸나무 분꽃나무 노린재나무 화살나무 때죽나무 말채나무 아카시아 수수꽃다리 죽단화 불두화

민들레 씀바귀 흰씀바귀 선씀바귀 노란선씀바귀 고들빼기 이고들빼기 냉이 좁쌀냉이 다닥냉이 황새냉이 개갓냉이 뽀리뱅이 지칭개 새완두 얼치기완두 가는둥갈퀴 가는살갈퀴 갈퀴덩굴 갈퀴나물 광대나물 자주광대나물 가락지나물 물칭개나물 조개나물 돌나물 벼룩나물 끈끈이대나물

제비꽃 흰제비꽃 콩제비꽃 애기똥풀 엉겅퀴 토끼풀 꽃마리 꽃잔디 별꽃 애기메꽃 주름잎 선괭이밥 땅비사리 원추리 산딸기 뱀딸기 찔레 해당화 장미 수선화 튤립 개망초 금계국 수레국화 샤스타데이지 꽃양귀비 봄맞이 으아리 땅비사리 애기장대

연꽃 노랑어리연꽃 붓꽃 부채붓꽃 타래붓꽃 꽃창포 왕골 털개구리미나리 바위미나리아재비 소래풀 돌단풍 빈도리 선개불알풀 큰개불알풀(봄까치) 자주괴불주머니 자주개자리 인동덩굴 초롱꽃

2024. 5.

* 광교 원천호수, 신대호수 주변 산과 들, 시냇가에서 더러는 몰랐던 이름을 하나하나 사진 찍어 인터넷에서 이름 확인하며 만난 행운. 일부는 바다 건너와 자리 잡기도 하고, 기후 변화 때문인지 시절을 잊기도 함.

가래떡

오랜만에 시골집 와 모닥불을 피워 놓고 옹기종기 모여 앉아 소맥과 막걸리를 나누며 지글지글한 삼겹살에 각종 채소 쌈을 즐기고 흠뻑 취한 뒤 후식으로 가래떡을 숯불에 노릇노릇 구워 놓고,

이것 맛있다

내 것이 더 맛있는디

이것은 내 것만 한디

이 떡은 너무 작다

내 것은 더 굵은디

내 것 맛이 더 좋을 것 같은디

꿀에 찍어야 더 맛있제

이 맛을 어떻게 알까

일 년에 한 번 먹는디

은퇴한 육촌 부부들과 좀 아슬아슬한 유쾌한 대화

2024. 6.

지공거사(地空居士)

지하철 공짜라는 새 카드를 받는 날
늙은이라는 법적 판단을 받은 것

나름의 한 구비를 넘었다는 평가인데
어딘가에 육십오 년 세월이 쌓여 있을까

카페에서 아메리카노를 앞에 놓고
이것저것 생각의 무게를 느낀다

몸은 63kg인데 마음은 얼마일까?

앞으로는 무엇이 얼마큼 더해질까?
앞으로는 무엇이 얼마큼 덜어질까?

지난 것은 지난 것
오는 것은 오는 법

뜬금없이 한마디가 떠오른다
중학교 때 처음 접한 영어 한마디

'Boys, be ambitious!'
그때는 young, 지금은 old

젊거나 늙거나 욕망(欲望)은 똑같구나
지공거사의 유별난 하루 생각

2024. 6.

커피

한 잔의 여유가 말을 거네

맑은 정신으로

당신이 보고 싶을 때

깨어 있으라

깨어 있으라

한 잔의 여유가 또 말을 거네

2024. 7.

로드-킬(road-kill)

죽음을 보았다

그 어떤 것이

여기에 이르게 했는가!

우연인가?

운명인가?

신작로에 부딪혀 사라진 영혼아

2024. 7.

회자정리(會者定離)

언제 올까요

오지 않기를 바랐던 이 날

다시 만날 날을 떠올려 봅니다

만나기 전에는 보고 싶고
만나면 반가워 눈물 나고
그러면서도
또 어떻게 보낼까 싶어서
같이 있는 동안에도 또

인생이란 참
만나고 헤어지고
그리워하고 기다리고

그런 것 같아요

2024. 7.

* 손주 가족을 외국으로 보내며 모두 눈물 훔치는 장면의 한 대사(臺詞).

천지불인(天地不仁)

천지가 불인하다고
노자(老子)는 말했지

자연(自然)은
약육강식(弱肉强食)
적자생존(適者生存)

다른 선현(先賢)은 말을 했지
선한 공덕을 쌓아야만
그 인연으로
죽어서 하늘나라에 갈 수 있다고

인자(仁慈)하지 않은 세상에서
착한 일을 한다는 것은
의미가 있을까?

주변을 살펴 가며
곰곰이 생각해 보았네

봄, 여름, 가을, 겨울은 반복되고
식물은 그 씨앗으로 다시 나고
동물은 그 새끼로 인해 이어 가고

변하지 않은 사실은
지구는 그저 빙글빙글 돈다네

2024. 7.

바람이 불면

바람이 불면
약한 잎, 가지, 열매는
땅에 떨어지지

바람이 불면
약한 관계, 마음, 사랑
쉽게 멀어지네

2024. 7.

카르마(karma)

잠을 자다가 문득 나를 보았네

떠나온 시간만큼 낯선 공간에
창밖을 보며 우두커니 앉아 있네

지나온 가시밭길 팍팍한 여정에서
기억의 피, 꽃이 분수가 되어 흩어지고
당신이 쏜 쓰디쓴 무소음 총에 맞았네

이것이 피할 수 없는 운명(殞命)일지라도
사유(事由)가 존재하지 않은 결과는 없다

떠나야 할 우연(偶然)은 어쩔 수 없어
혼돈의 시원(始原)으로 가야 할 시간

그대 '무소의 뿔처럼 혼자서 가라'

2024. 8.

* 무소의 뿔처럼 혼자서 가라: 불경 숫타니타마의 한 구절.

엄마가 생각날 때

갑자기 엄마가 생각날 때
그저 하염없이
빈 서녘 하늘만 쳐다본다

퇴색한 수채화 발린 모습
겹쳐진 사진 속 엷은 미소에
한 방울 눈물로 엉클어진다

산 푸르던 그 언제였던가
모내기 철에 새참 준비하느라
정지 살강의 옹기 부딪치는 소리
종종걸음으로 앞 뫼 고갯길 넘던
등에는 어린 동생 품에선 젖 냄새
막걸리 주전자 들고 뒤따라가던
그 시절이 눈앞 선명하다

국민학교 저학년 학교를 파하고
빨간 동그라미 많은 시험지 내밀면
내 아들 잘했다고 꼭 보듬어 주던
진하고 뭉클한 가슴 따뜻함 살아난다

추억은 추억을 물고 엉키고 엉켜
시간이 멈춘 기억의 숲을 헤맨다

문득 엄마가 생각날 때
회상 속에서 만날 수밖에 없어
흔적을 찾아 여기저기 뒤적이다가
소주잔 올리고 홀로 음복(飮福)한다

2024. 8.

호수공원

습습한 혼자의 시간을 주머니에 넣고
핸드폰 화면과 좀스러운 연애를 한다

벤치에 앉아 기억 속의 사연들을 꺼내고
옛집 황소 눈망울에 이슬이 맺힌다

유모차 속 아기는 새근새근 잠들고
젊은 엄마는 한가함으로 수를 놓는다

비둘기 몇 마리 종종걸음으로 바쁘고
뛰노는 아이의 과자 부스러기를 탐한다

구월 아직 따가운 햇살, 바람에 휘돌고
호수 금빛 물결은 잔파도에 부서진다

황새 한 마리가 물 위를 스치듯 날아가고
서녘 황혼이 건물 그림자를 길게 늘인다

흩뿌려진 지나간 이야기를 주섬주섬 담아
오늘도 내 하루가 평화로웠음, 여기 쓴다

2024. 9.

노부부(老夫婦)

한 생애가 순간의 미소(微笑)에 맺혀 있다

2024. 9.

저녁노을

하루가 황혼을 드리고 일과를 마치는
사랑했던 이들이 옹기종기 모여드는
이승을 떠나서 돌아가야 할 고향마을

2024. 9.

그래도

그래도

어쩌겠어

해 봐야지

2024. 9.

모란장

옛 생각을 찾으러 성남 모란장에 왔네

사구 일 언제나 장날은 사람 구경이 먼저다
여기저기서 꾸역꾸역 몰려드는 사람들
많이 변했어도 장날은 장날이다
생활에 절인 이들이 대부분일 것이지만
먼 외지에서 온 듯한 이들도 눈에 띄고
대부분은 시장만큼 나이 든 사람들
더러는 아이와 젊은 부부도 보기 좋다

한구석 품바의 고정 무대
어릴 때 봤던 시골 장 가설무대를 닮은
들여다보면 볼수록
자본주의 냄새가 곳곳에 배어 있구나

공연은 뒷전이고 매상이 주 종목이지만
그래도 난장의 한판 눈과 귀 솔깃하다

당신들이 나를 어찌 알아
내 흘러온 내력을 알아
일단 말을 더하여 풍성하게 하고
노래와 춤을 구성지게 내뱄으며

빤한 영업 전략을 느끼다가도
시간 넘게 즐기다가 더러 공감하면
한 보따리 생활 건강 용품들을 안게 되네

어려웠던 시절 이 거리에는
각종 보양식 재료와 음식을 구할 수 있었지
지금은 나랏법이 금지한
한구석에서는 이들의 도살까지 있었지

애완동물 학대 반대
멍멍이와 고양이는 식용 고기가 아니다
동물 애호 단체에서는
차 앰프 크게 틀고 나발을 불기도 했지

당신들은 하루하루 고달픈 생활이 쌓인
깡말라 장작같이 가게 주인
꽉 움켜쥔 손에 잡힌 피땀을 알아

가늘게 떠는 주먹의 분노에 맺힌
부릅뜬 눈에 터지는 실핏줄

이제는 변했네
흑염소 특화 거리로

오래전부터 이곳에선
각종 약용 재료와 식품들을 구할 수 있지

인삼 미삼 산양삼(장뇌삼) 산삼주 단삼 우슬 당귀 천궁 황기
창출 백출 백작약 충영 감초 계피 제피 진피 유근피 두충 겨우
살이 천마 안동마 천산룡(단풍마) 강황(울금) 헛개목(지구자) 헛
개열매 관절나무(접곡목) 황칠나무 황철 벌나무(산청목) 엄나무
마가목, 참옻 꾸지뽕뿌리 꾸지뽕 삽주뿌리(백출) 송근봉 송담
하수오 백하수오 칡(갈근) 오가피 가시오가피 유근피(느릅나무)
젠피 산수유 오미자 결명자 복분자 구기자 지부자 사상자 토
사자 연자 치자 야관문 맥문동 천문동 홍화씨 아마씨 산미나
리씨 달맞이꽃씨 호박씨 대마씨 잎쑥 인진쑥 익모초 골담초
질경이(차전자) 나한과 둥굴레 상황버섯 편상황 해풍상황 뽕상
황 영지버섯 운지버섯 차가버섯 말굽버섯 노루궁뎅이버섯 목
이버섯 능이버섯 송이버섯 토복령(맹감나무) 백봉령 폐모 지모
산이화 산골 돼지감자 우엉 약도라지 더덕 여주 모과 수세미

노니 구절초환 인진쑥환 개똥쑥환 울금환 우슬환 강황환 홍화
씨환 산수유환 솔잎환 다시마환 함초환 도라지환 헛개환 익모
초환 소채환 가시오가피환 핑거루트환 보스웰리스환(인도) 생
강차 대추차 옥수수차 보리차 메밀차 우엉차 작두콩차 국화차
생강 대추 약대추 꿀대추 허비스커스(왕실꽃차) 하비츠꽃차 히
비스 국화꽃 카무트 골드마리(이집트) 마리골드 옥수수수염 늙
은호박 작두콩 은행 토종꿀 도라지청 도라지배청 말린지네

　　오리고기 돼지부산물 무한 리필에
　　막걸리 한 병이 만원이다

　　묘한 가격
　　오리만 하면 만 원
　　돼지고기 부속을 섞으면 만이천 원
　　먼 아메리카에서 유튜브 보고 찾아온 이도 있고
　　돈 안 내고 슬그머니 사라지는 이도 있는
　　글로벌 맛집

　　일 년 내내 불판 곁에 서서
　　고기와 채소를 뒤집는 아지메의 노동이
　　허기진 가난한 이들의 배를 채우고
　　술을 즐기는 이들은 함께 만족하기

약간의 주정에도 고맙고 고맙다네

샌님의 점심과 술 고픔이
이렇게 배부르게 지나가네

먹자 텐트촌에서 만난 각종 먹거리

육군: 칼국수 손칼국수 홍두께칼국수 팥칼국수 들께칼구수 콩국수 잔치국수 비빔국수 김치말이국수 만두칼국수 멸치국수 칼만두국 만두국 왕만두국 김치만두 김치왕만두국 팥옹심이 팥죽 호박죽 빈대떡 녹두빈대떡 김치전 배추전 미나리전 부추전 고추전 해물파전 메밀해물부추전 소세지전 닭발전 두부전 육전 굴전 우뭇가사리 양념간장연두부 하늘마 도토리묵 묵사발 도토리무침 냉면 순대국밥 돼지국밥 보리밥 다슬기술국 수구레 소수구레 양천엽 소양 소허파볶음 소양허파볶음 통닭 닭발 뼈없는닭발 머릿고기 돼지껍대기 야채돼지곱창 메추리구이 숯불메추리구이 메뚜기 계란말이 오리찜 인삼튀김 두릅튀김 피라미튀김 개구리튀김 강원도메밀전병 수수부꾸미 찰옥수수 야채호떡 찹쌀호떡 꿀호떡 뻥튀기 즉석옛날찹쌀도나스 원조즉석핫도그 찰보리호두과자 소문난 맛있는 떡

여름 별군: 냉콩국수 냉열무국수 냉우뭇가사리

해군: 생굴 전복 소라 꼬막 가리비 석굴 골뱅이 홍합 왕새우 개불 멍게 해삼 문어 낙지 꼼장어 바다새우 동태낙지 꽁치구 이 고등어구이 전어구이 가자미구이 갈치구이 가오리찜 오징 어찜 코다리찜 굴찜 산오징어무침 홍어무침 오징어튀김 오뎅

술군: 동동주 인삼동동주 좁쌀동동주 살얼음동동주 막걸리 주전자막걸리 병막걸리 칡막걸리 소주 맥주

음료군: 커피 아메리카노 달달냉커피 라떼 홍차 우엉차 둥글 레차 인삼차 벌꿀차 식혜 미숫가루 에이드 속까지 시원한 슬 러시

후미진 골목에서는 폐품에서 변신한
의복과 신발 각종 생활 물품들

사연 많은 온갖 것들이 널려져 있고
지나가는 사람은 많지 않지만
팔려는 이들의 절박만큼이나
사려는 이들의 이유도 많고 많다네

시장에 오는 각양각색의 이들을 위해

의(衣), 식(食), 주(住), 살림살이
있는 것은 다 있고
없는 것은 또 없는

수천 가지 필요한 것들 펼쳐져 있어도
사람이란 제가 보고 싶은 것만 보고
기억하고 싶은 것들만 기억하는 법이라네

오늘도 좌판 여기저기를 기웃거리며
옛 기억에 취해
막걸리 한 병에 취해
한나절의 시간을 남기고 오네

2024. 10.

삶 4

욕심낸다고 다 이루어지더냐!

그냥 하다 보면

무슨 수 안 쓰고 살아도

살아진다

2024. 10.

시월 개화(十月 開化)

　　노랑어리연꽃 연꽃 갈대 물억새 달뿌리풀 무늬물대 둥근잎 나팔꽃 애기나팔꽃 별나팔꽃 둥근잎유홍초 토끼풀 낭아초 싸리 애기똥풀 가새쑥부쟁이 미국쑥부쟁이 눈개쑥부쟁이 괭이밥 뱀딸기 개여뀌 죽단화 민들레 좀작살나무 미국까마중 좀씀바귀 고들빼기 왕고들빼기 이고들빼기 산철쭉 붉은병꽃나무 꽃댕강나무 수크령 강아지풀 닭의장풀 사데풀 선주름잎 동방사니 개망초 구절초 금계국 만수국 감국 국화 산국 고마리 환삼덩굴 가막사리 무궁화 애기원추리 무늬큰고랭이 쥐꼬리망초, 서양등골나물 등갈퀴나물 울산도깨비바늘 벌개미취 긴잎달맞이꽃 자주개자리 장미 해당화 비비추

2024. 10.

---

*　광교 원천호수, 신대호수 주변 산과 들, 시냇가에서 더러는 몰랐던 이름을 하나하나 사진 찍어 인터넷에서 이름 확인하며 만난 행운. 일부는 바다 건너와 자리 잡기도 하고 기후변화 때문인지 시절을 잊기도 함.

화진포에서

고성 화진포 주변에는
우남과 김일성 별장이 가까이 있지

호숫가 한적하고 평화로운 곳
장엄한 바다와 해변의 화려한 풍광

고통스럽고 서글픈 한국 근현대사
여기에 그 체취와 발자국 선명하다

노구(老軀)의 대통령과 함께한 프란체스카 여사
낡은 장갑 해진 부분의 성긴 바느질

이북 대 이은 독재자들 흔적이 남아 있고
큰 파도 일으키는 동해의 해풍은 변함없고

크리스마스 실을 만든 셔우드 일가
한민족 결핵 치료를 위한 눈물겨웠던 삶

무심한 모래사장에서는
갈매기들이 한 먹이를 두고
다투기를 멈추지 않고

금구도(金龜島)에 잠드신 광개토대왕님
끊어진 반도의 철조망을 보고
이 못난 후손들에게 무슨 말씀을 하실까?

바람 많고 비 뿌리는 둘레길을
말없이 홀로 걸으며
어두워지는 하늘을 올려다보고

다리 아래로는 석호의 가는 물줄기
모래톱으로 스며들어 바다로 가네

2024. 10.

호숫길

언젠가 내 무게를 다 덜어 내서
나뭇잎처럼 가벼워지면
예수님이 그러했고
무림 강호 고수가 그러했듯
물 위를 걷고 싶다

맑은 호수를 찬찬히 살피면서
거기 사는 물고기들의
살가운 이야기를 들으면서

어릴 적 냇가에서 소금쟁이가
천연스레 떠 있는 것을 보고
어떻게 저럴 수 있을까 부러웠지

금빛으로 반짝이는 잔물결이
무슨 말을 건넬까
살랑 바람과 투닥투닥
먼 옛날 동화 속의 놀이겠지

언젠가는 세상일이 더 이상
나의 주제가 아닐 때
엉키고 설킨 줄들을 뚝 끊고
가벼워지고 또 가벼워지면

꿈결처럼 당신을 다시 만나
호젓한 둘만의 호숫길을 따라
못다 한 사연들이 영원히 남도록
물 위에 뚜벅뚜벅 새기고 싶다

2024. 11.

왜 죽을까?

각자의 정해진 시간이 지나면 사라지는 것

모인 것들의 결합력이 풀어져 흩어지는 것

미련을 두지 마라

새로운 만남은 이 헤어짐으로 시작되는 것

다만 변화가 일어났을 뿐이니

2024. 11.

세상은

주변을 탓하지 마라

결국은 혼자다

고독(孤獨)한 세상이다

결정과 결과의 책임도

언제나 자신(自身)에게 온다

2024. 11.

올림픽

스스로 무거운 짐을 지고
최고를 향한 무서운 집념

명예인가
욕망인가

한계를 넘어야 아름다운 법

2024. 11.

나

나를 찾으러 하면
떠나야 한다

가족과 집을
친구와 직장을

벗어나서 덩그러니
혼자여야 한다

마음 가는 대로
하고 싶은 대로

얽힌 사슬을 풀고
우뚝 서 존재하는 것

여기와 저기
어느 것이 나일까?

2024. 11.

늦가을 산

갑자기 공중에서 헬리콥터가 되어 낙하하는 마른 잎새가 바람 한 점 없는데 어딘가를 향해 기착하려는 순간, 바라보는 나는 왜고, 떨어지는 너는 누구냐? 흐르는 땀을 닦고 아무도 없는 주변의 공기를 만진다. 한 해 동안의 인연을 털어 내고 몸뚱이만 남기려는 나무들. 다가오는 모진 겨울은 온 살을 발라 내 앙상한 가지와 검은 뼈다귀로만 버텨야 살아남겠지. 무성했던 숲들이 나체가 되어 북풍의 찬 기운에 오슬오슬 떠는 모습. 이를 처연한 순리(順理)라 해야겠지. 계절이 물고 오는 생채기에 온몸 신음하는 산은 원주인의 모습을 드러내고. 두 손에 스틱을 쥔 한 늙은이 가쁜 숨 몰아쉬고 있다. 주위는 적막하다. 마른 풀들이 제 색을 잃고 병든 누런 닭이 되어 심드렁하게 누워 있다. 얼마 남지 않은 산정을 바라며 스쳐 가는 생각을 비우고 다시 발걸음을 뗀다.

2024. 11.

삶 5

눈비 맞으며
바람 먹으며

절반은 눈물
절반은 웃음

2024. 11.

반달

제 몸의 일부를 가리고
수줍게 뜬 저 낮달은
누구를 찾고 있는 것인가?

긴 밤을 밝히는 저 반달은
길손의 바쁜 마음이
어여뻐서 살피는 것인가?

보고 싶은 이를 만나려
높고 높은 하늘 위에서
당신처럼 내려 볼 수 있다면

지금도 지구 어느 곳에서
이렇게 저렇게 살고 있을
그리운 이 볼 수 있을까?

시간 저편 우주로 가신

가슴 저미도록 사랑했던 이들

만날 수 있지 않을까?

2024. 11.

시간과 생각 2

시간 위에서 생각은 피어오른다

사유(思惟)하는 넓이와 깊이만큼

각양각색(各樣各色)의 찬연한 꽃

2024. 12.

망각(忘却)

잊고 사는 것이 얼마나 될까?
이름조차 띄엄띄엄 생각나네

혹 당신조차?

언젠가 기억을 다 잃어버리면
다시 엄마 뱃속으로 돌아가리

새로운 생이 나에게 찾아오면
처음부터 뱃속에다 새겨 놓아

세월 지나 노망(老妄)이 되어도
죽는 날까지 결코 잊지 않으리

2024. 12.

습설(濕雪)

첫눈이 소복소복 내려서
온 천지를 하얗게 덮더니

수분 흠뻑 머금은 함박눈이
아직 미련이 남은 잎사귀
가지마다 수북이 쌓였지

차마 털어 내지 못한 나무들
더러는 뿌리째 쓰러지고
더러는 허리가 꺾어지고
크고 작은 굴절과 골절

세상 무엇이든 누구든지
욕망에 매여 욕심에 잡혀
제 무게를 견디지 못하면
속절없이 무너지는 것

인자(仁慈)하지 않은 자연은
예고 없이 꼬장을 부리지

저마다 천수를 누리려면
분수에 넘치면
덜어 내고 내려놓는 것

폭설이 내린 숲길을 걷다가
다시금 주변을 살핀다

2024. 12.

퇴직 이야기

연말이면 후배들 퇴임(退任) 소식
더러는 안타깝고 더러는 의외고

거친 바다를 헤쳐 나가는 선박들
새로운 한 해 최적의 항행을 위해
승선(乘船)과 하선을 반복하는 것이
인간사(人間事) 다반사(茶飯事)인 것을

좀 더 같이하고 싶고
좀 더 멀리 가고 싶고
조직의 생각과 개인의 기대가
어찌 같을 수 있겠는가?

헤어짐이란 새로운 시작인 것을

새악시를 만날 수 있다는 것이
더 설렌다네
새롭게 기운을 내게 후배여

용자(勇者)만이 미인을 얻는다네

2024. 12.

열받게 하네

요즘 정치가

세계가

열받게 하네

그런데

내가 뭘 잘못했는데

2024. 12.

2023

홀로 있으라

그대,
빈 들로
빈 산으로 가서
빈 하늘을 보고

홀로 있으라

말을 죽여라
마음을 죽여라

눈을 열고
귀를 열고

바람이 되고
비가 되고
햇살이 되고

삼백육십오 일

들이 되고
산이 되고

2023. 1.

사랑 1

사랑은 언어(言語)가 아니라

고귀한 삶의 절대형상(絶對形像)

2023. 1.

사랑 2

지상(地上) 최고(最高)의 것,

누구도 이를 정의(定意)할 수 없다

2023. 3.

명품

시도 때도 없이 늘 값을 올리지

시계, 가방, 구두, 옷, 액세서리

온몸에 두르면 내가 명품이 될까?

과연 그렇게 될까? 과연

뉴스를 듣다가 그냥 혼자 묻는다

2023. 3.

잡초인생(雜草人生)

들과 산 전세계(全世界)
어느 곳 언제나

해와 비 공기가
엉키고 맺히고

맺히면 쌓이고
쌓이면 썩어서

바람에 흩어져

도로 아미타불(阿彌陀佛)

2023. 3.

손을 놓고 싶을 때

손을 놓고 싶을 때
마음이 몸을 죽일 때
이번 생(生)이 어려울 때

사람의 광장으로 가라
벤치에 앉아 그냥 있으라
우연히 지나는 온갖 사람들을
홀로 물끄러미 바라보라

한 얼굴, 열 얼굴, 만 얼굴
당신의 반사된 골몰을 보아라

어찌 나뿐일까?

이승의 업(業), 그 무게가 쓰인
당신 얼굴, 내 얼굴, 우리 얼굴들

차오르는 사념(邪念)들을
인파(人波)에 하나씩 묶어
떠나게 하라,
함께 흐르게 하라

한 생각, 열 생각, 만 생각
한 사람, 열 사람, 만 사람
한 시간, 두 시간, 여러 시간

광풍(狂風)은 잦아들고
당신이 비치는 맑은 강물
들리는가!
저 깊은 심연 속에서
사라져 가는 아린 음계(音階)들

2023. 4.

깨달음

질기고 질긴
쇠심줄 같은

인연(因緣)

딱 끊고
마음을 보는 것

진공(眞空)의 고요

2023. 6.

인생

그냥
왔다

지지고 볶다가

그냥
간다

2023. 6.

기억

시간의 무덤

한 세대가 가고
또 한 세대의 끝자락에
서서
당신을 묻고 있다

2023. 8.

Why, How

삶의 이유를 묻는 것은
괴로움 시작이고,

삶의 방법을 찾는 것이
행복(幸福) 시작이다

2023. 8.

용인(龍仁)

마른자리를 찾아
이곳으로 이사 왔다

살아 있는 동안
더러 인연이 남아 있다면
새롭게 하고 싶다

느리게 헤아리고
삭아 있는 몸뚱이를 깨물어서
죽을 둥 살 둥
공간을 만들려고 하는데
어떻게 해야 할까?

새로운 사람들을 만나고 싶다

죽지 않고 이어 나갈 무엇인가를
손톱에 피멍이 집히도록
남은 것들에 걸고 싶다

어차피 남길 것이란
체온 식을 육신뿐인데

손에 쥔 몇 장의 노잣돈을
누구에게 전해 줄까

홀로의 생각은 고요하고
하늘 천, 땅 지, 가물 현, 누를 황

2023. 11.

자유

홀로 있어야 자유(自由)롭다

2023. 10.

자연

이 놀라운 것들이
스스로 그러하다면

또 우연이고
또 인연인가!

처음이 어디고
그 끝은 어디일까?

한곳에서 출발해서
원점으로 돌아가는데

세상은 넓고 넓어
헤아릴 수 없는
신들의 소꿉놀이

2023. 11.

이사

몇 번째 이사냐
한 번 두 번 세 번
열 번이 훌쩍 넘는데

가져가야 할 것과
버려야 할 것을
구분하면서

잊힌 기억을 꺼내
그리움을 만지다가
더러는 남겨 놓고
많은 것들과 작별한다

머물다 떠나는 것

저승으로 간다면
무엇을 남기고
무엇을 버려야 할까?

함께할 세간살이
새로이 장만하기도 하여
전번과 다름없이
살 집을 꾸미다

2023. 12.

관점(觀點)

우주의 관점에서
지구는 한점에 불과하고

지구의 관점에서
나는 티끌에 불과한데

현미경적 관점에서
나는 하나의 우주다

2023. 11.

산 구름

산에 있는 구름은
수시로 높낮이 다르다

나무들과 나누는
내밀한 농담(濃淡)

산맥을 감싸고 넘기도 하고
중턱에 걸려 헤매기도 하고
낮은 곳을 빤히 쳐다보기도 하고
싫으면 슬금슬금 하늘로 오르기도 하고
비를 몰고 숲으로 내려오기도 하고

세상사 시름을 듣고 말없이
하늘과 땅 사이
유심한 길손과 나누는 밀담(密談)

2023. 12.

삶 3

삶이 아름다운 것은 도처(到處)에 갖은 역경 속에서도 매사
에 최선을 다하는 이들을 수없이 만날 수 있기 때문이다

2023. 12.

2022

시간과 생각 1

시간과 생각이 함께하면

누구나 신(神)이 될 수 있다

2022. 1.

빙산(氷山)

살아가며 꼭 필요한 것은

보이는 하나를 헤아리고

보이지 않는 아홉을 느끼는 것

2022. 1.

아기

천진한 너의 웃음만큼

더 큰 기쁨이 없구나!

2022. 1.

외모

외모를 가꿔라

그런데 외모에 속지 마라

2022. 1.

새벽 두 시 무렵

새벽 두 시 무렵 잠에서 깨다
물 한 컵을 마시고 멈춰서서
찬찬히 주변을 가만 둘러보면
어두운 방과 거실 이곳저곳에서
그동안 까맣게 잊고 있었던
낯익은 얼굴과 익숙한 말들이
여기저기 되살아 수선스럽다
동춘아 동춘아 동춘아
어릴 적 부르던 그 이름
성근아 성근아 성근아
소름 끼치도록 다정한 어둠 속
나지막한 목소리로 나를 부르는
시간의 수레에 강제로 지워진
가슴 사무치게 보고 싶었던 이들
손도 잡아 보고 얼굴도 만져 보고
전하고 싶은 말 많고도 많은데
머물러 있는 따뜻함은 찰나(刹那)
또 하나둘씩 가슴에서 사라진다

꿈속에서라도 다시 만나고 싶어
슬금슬금 이불 속으로 기어들어
빈 천장을 하염없이 바라본다

2022. 2.

시간 위에서

시간 위에서
나무들은
행동한다

시간 위에서
사람들은
박제된다

시간이라는
한 뿌리 생명에서

나무와 사람이
함께 서 있다

2022. 2.

그림자

너는 누구냐?

나는 누구냐?

2022. 2.

아침

밝아져 오는 하늘

옷깃 데우는 햇살

이슬 말리는 바람

2022. 3.

부자가 되고 싶다면

부자가 되고 싶다면

변하는 것 中에서

변하지 않는 것을 찾고,

변화하지 않았던 것 中에서

변화하는 것을 찾아라

그래서 과감히

여기에 올라타라

2022. 3.

물(水)

움직이는 것 생명이다
흐르는 것 생명이다

나누어 하늘로 오르기도 하고
맺혀져 대지로 떨어지기도 하고

멈추지 않는 것
그러다가 또 멈추기도 하고

그렇게 흐르고 흐르는 것

쉬고 싶어 흔들리지 않고
언젠가 우레가 사라지는 날
그리하면 생명도 시든다

2022. 3.

봄꽃 1

인고(忍苦)의 겨울 지내고
온 힘을 다해
꽃을 피우고, 피우고
그리고
잎을 내어 열매를 맺는다

2022. 4.

눈(目)

두 눈을 가리면 세상은 사라진다

2022. 4.

망각(妄覺)

잊는다는 것을 잊었네

내 많은 기억을 잊고 산다는 것을 잊었네

가슴 가득 후회로 밀려오는 지금,

다시 눈물 흘리며 깨닫게 되네

2022. 5.

백 년

여기 있는 우리는
백 년 전에는

어떤 인연이었을까?

여기 있는 우리는
백 년 뒤에는

또 어떤 모습일까?

2022. 5.

석순(石筍)

시간의 탑

2022. 6.

뜰 고요하다

다람쥐 한 마리 두리번거리다가
홀쩍 기둥 타고 사라지다

산새 한 마리 재잘거리다가
휙 하니 날아가다

바람이 가지들과 노닥거리다가
소리 없이 잦아들다

한 줌의 햇빛이 나뭇잎 사이사이로
잔망한 수를 놓다

누구 하나 찾지 않는 무심한 한나절
내 뜰 고요하다

2022. 7.

지혜(智慧)

밖에서 안을 보는 것

안에서 밖을 보는 것

2022. 8.

삶 1

때론

거짓이고 거짓인 것을

아는가 그대여

2022. 8.

노래

그대 소리가 아름답구나!

가슴에서는 눈물이 마냥 흐르고

축복의 신(神)이 찾아온 것인가?

2022. 8.

그저 떠나고 싶은데

그저 떠나고 싶은데
나를 붙들고 있는 것들을
가슴 터지도록 옥죄는 것들을

어쩌란 말인가?

오늘 나는 배반하는
짐승이어야 한다

무엇이 두려운가?

한 줌 바람이었던 것을
그저 움켜쥐고
무엇을 바라는가?

천하의 똥멍텅구리

동춘아! 동춘아! 동춘아!

눈을 감으면 끝이 나겠지!

2022. 9.

운명

현재는 과거의 반사

미래를 선험(先驗)하려면

스스로 조각(彫刻)하려면

미래의 과거를 직시하라!

시간에 부끄럽지 않기를

2022. 9.

가을비

비는 내리고
바람은 부는 것인데
오는 너희를 막는다고
오슬오슬 젖는 마음
다 가릴 수 있을까?

2022. 10.

서녘 하늘

산 너머로 해 지는 것 바라보다

하루가 마무리되는 언저리 시간

새들도 서둘러 보금자리로 돌아가고

종일 바빴던 일터에서도 손을 거두네

붉은 노을에 철새 떼 군무(群舞)

지친 나그네 눈 걸음 멈추네

2022. 10

청춘(靑春)

푸른 봄이 아니라

나이가 아니라

언제나, 누구에게나

생생(生生)한 날것

2022. 11.

삶 2

꿈을 꾸어 실행하면 넉넉함

2022. 11.

등산

아무 생각 없이 그저 걷는다

땅이고 길이고 산일 뿐이다

다만 오른 만큼 내려올 뿐

2022. 11.

친구

왔냐?

그래,

왔다!

2022. 12.

후기

    세 번째로 출간하는 이 시집은 첫 번째로 출간한『평창의 보름달』과 두 번째로 출간한『우리의 생(生), 애(愛)』를 묶고 난 후 4년간 틈틈이 쓴, 총 123편을 모은 것이다.

    섬광처럼 순간의 시간에 내게 온 생각을 사진을 찍듯 찍어 본 것이고, 느껴 본 것이고, 객설을 풀어 본 것이다. 이 시간과 생각이 접신(接神)된 순간, 음악을 하는 이는 노래를 부를 것이고, 춤을 추는 이는 춤을 출 것이고, 그림을 그리는 이는 그림을 그릴 것이다. 팔딱팔딱 뛰는 심장 속의 마음을 나름 표현하려는 욕심을 낸 자의 서툴고 생경한 글줄이지만, 과장은 있을지 몰라도 거짓의 탈을 쓰지 않으려고 노력했다. 그저 모자란 천둥벌거숭이의 느낌과 생각의 모음일 뿐이다.

    사실 이렇게 묶으려고 하다 다시 돌아보니 대부분 글을 버리는 것이 옳다는 생각을 버릴 수 없어 몇 번이고 전체를 접는 것에 대해 많이 생각했다. 시를 전문으로 평하는 이들이 보면 '그저 싸구려 감상일 뿐이다'라고, '이것도 시(詩)냐'라며 내던져 버릴 것 같아 두려움과 부끄러움이 크다. 그래도 어쩔 것인가.

이 글 모두가 나인 것을.

육십 후반에 더 욕심을 부릴 일은 없지만 그래도 내 주변 가족, 친구, 지인들에게 이렇게 생각을 묶어 전하는 일은 나름 보람된 일이라 믿는다. 이 글을 읽고 조금이라도 공감해 주는 부분이 있어 팍팍한 삶의 길에 눈곱만큼의 위안(慰安)을 드릴 수 있다면 저로서는 더한 기쁨은 없겠다.

2026. 1.

기동춘